Le Boulanger

Pascale de Bourgoing ▪ *Olivier Vaillon*

CALLIGRAM
CHRISTIAN GALLIMARD

Merci à Ariel Monnot,
pour son aimable collaboration.

Imprimé en CEE
ISBN : 2-88445-431-4

Ariel est boulanger. Comme tous les jours, il se lève à dix heures du soir car il travaille la nuit. Laura se réveille aussi : elle veut faire le pain avec son père.

D'abord, il faut faire la pâte. Ariel tire une manette, et hop ! la farine tombe dans une machine : le pétrin. Il ajoute de l'eau, du sel et ensuite de la levure.

Un grand bras commence à tourner, il mélange le tout pour obtenir une pâte lisse et épaisse. Puis Julien, l'apprenti boulanger, met la pâte à lever sur une étagère.

Ariel prépare une galette de pâte qu'il pose sur une machine-bouleuse. Il ferme le couvercle et actionne une manette. On compte vite jusqu'à dix et on ouvre :

Regarde les boules de pâte, elles serviront à faire des petits ballons de pain. La machine de Julien a séparé la pâte en gros morceaux pour faire des pains plus gros.

On travaille vite dans le fournil, il ne faut pas perdre de temps : le pain doit être prêt pour le matin. Ariel pèse chaque pâton car le pain doit avoir le bon poids.

Julien glisse les pâtons dans une machine qui les transforme en baguettes. Laurent les pose sur une plaque et Laura invente un pain très spécial : c'est une surprise !

Stéphane, le spécialiste du four, fait des fentes sur chaque baguette avec une lame de rasoir. Sur le crocodile de Laura, il dessine des jolis croisillons.

Il n’y a plus qu’à enfourner les baguettes, le crocodile, et dans vingt minutes, tout sera cuit à point. Plus de cent pains peuvent cuire en même temps dans le four !

Avec sa longue pelle, Stéphane sort le croco, les petits pains-ballons et les baguettes qu'il range dans des paniers. Julien les dispose aussitôt dans la boulangerie.

Laura est fière de son croco, il est très réussi, tout chaud et tout doré. Vite, on remet du pain à cuire, le four ne doit pas rester vide. Ariel dit que l'électricité coûte cher !

À deux heures du matin, on commence les croissants. Avec une machine-aplatisseuse, on fait un tapis de pâte tout fin que Laurent découpe en triangles.

Ariel roule chaque croissant. Julien prépare les pains au chocolat, et Laura pose la barre. Dès qu'ils seront cuits, elle en goûtera un et filera au lit. Il est si tard !

À sept heures du matin, les boulangers ont fini leur travail, ils vont déjeuner puis aller se coucher. Noémie, la boulangère, est là pour servir les premiers clients.

Tout le monde a voulu acheter le crocodile de Laura, mais Noémie a refusé. Alors cette nuit, Ariel fera des crocodiles. Il faut avoir des idées pour être boulanger !

Le lendemain... les crocodiles se vendent comme des petits pains ! Laura sourit : le mois prochain, elle lancera une nouvelle mode, mais ça... c'est son secret !

Le dicomage du boulanger

un épi

une baguette

un pain de campagne

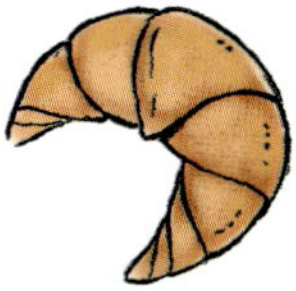

un croissant

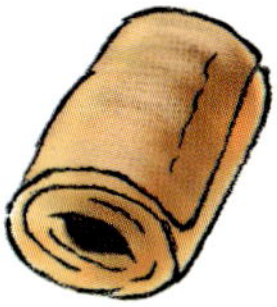

n pain au chocolat

un pain de mie

un éclair

une tarte aux fraises

une sucette

des bonbons

de la farine

de la levure

n pain aux raisins

une pelle

une corbeille

une brioche

une toque

un tablier

un pantalon

un flan

un fouet

une passoire

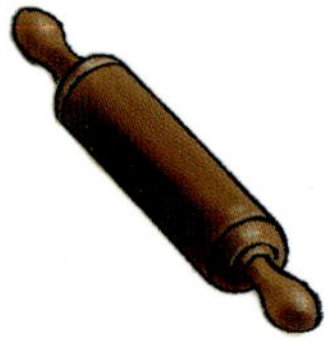

un rouleau

un coupe-pâte

une balance

une balayette

une spatule

un pinceau

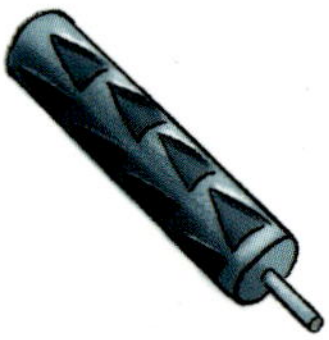

un rouleau
à croissants

une mesure

un emporte-pièce

un rouleau à pai
au chocolat

un moule à tarte

un moule à charlotte

une pelle

une lame

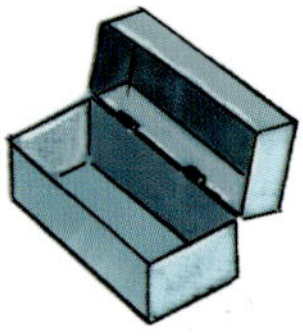

un moule
à pain carré

une roulette
à piquer la pâte

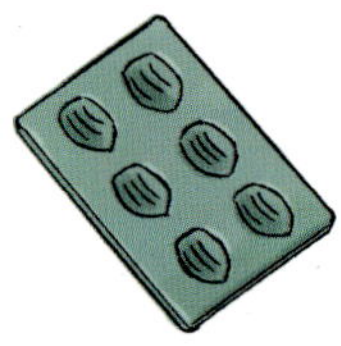

un moule
à madeleines

une couronne

Et toi, as-tu vu tout cela chez le boulanger ?